Alianza Cien
pone al alcance de todos
las mejores obras de la literatura
y el pensamiento universales
en condiciones óptimas de calidad y precio
e incita al lector
al conocimiento más completo de un autor,
invitándole a aprovechar
los escasos momentos de ocio
creados por las nuevas formas de vida.

Alianza Cien
es un reto y una ambiciosa iniciativa cultural

TEXTOS COMPLETOS

IMPRESO EN PAPEL ECOLÓGICO
(EXENTO DE CLORO)

Augusto Monterroso

El eclipse
y otros cuentos

Alianza Editorial

Diseño de cubierta: Ángel Uriarte

© Augusto Monterroso
© Alianza Editorial, S. A. Madrid, 1995
Calle J. I. Luca de Tena, 15; 28027 Madrid; teléf. 393 88 88
ISBN: 84-206-4666-0
Depósito legal: M. 7.368-1995
Impreso por Impresos y Revistas, S. A.
Printed in Spain

El eclipse

Cuando fray Bartolomé Arrazola se sintió perdido aceptó que ya nada podría salvarlo. La selva poderosa de Guatemala lo había apresado, implacable y definitiva. Ante su ignorancia topográfica se sentó con tranquilidad a esperar la muerte. Quiso morir allí, sin ninguna esperanza, aislado, con el pensamiento fijo en la España distante, particularmente en el convento de Los Abrojos, donde Carlos Quinto condescendiera una vez a bajar de su eminencia para decirle que confiaba en el celo religioso de su labor redentora.

Al despertar se encontró rodeado por un grupo de indígenas de rostro impasible que se disponían a sacrificarlo ante un altar, un altar que a Bartolomé le pareció como el lecho en que descansaría, al fin, de sus temores, de su destino, de sí mismo.

Tres años en el país le habían conferido un mediano dominio de las lenguas nativas. Intentó algo. Dijo algunas palabras que fueron comprendidas.

Entonces floreció en él una idea que tuvo por digna de su talento y de su cultura universal y de su arduo conocimiento de Aristóteles. Recordó que para ese día se esperaba un eclipse total de sol. Y dispuso, en lo más íntimo, valerse de aquel conocimiento para engañar a sus opresores y salvar la vida.

—Si me matáis —les dijo— puedo hacer que el sol se oscurezca en su altura.

Los indígenas lo miraron fijamente y Bartolomé sorprendió la incredulidad en sus ojos. Vio que se produjo un pequeño consejo, y esperó confiado, no sin cierto desdén.

Dos horas después el corazón de fray Bartolomé Arrazola chorreaba su sangre vehemente sobre la piedra de los sacrificios (brillante bajo la opaca luz de un sol eclipsado), mientras uno de los indígenas recitaba sin ninguna inflexión de voz, sin prisa, una por una, las infinitas fechas en que se producirían eclipses solares y lunares, que los astrónomos de la comunidad maya habían previsto y anotado en sus códices sin la valiosa ayuda de Aristóteles.

Uno de cada tres

> Más querría encontrar quien oyera las mías que a quien me narre las suyas.
>
> PLAUTO

Está dentro de mis cálculos que usted se sorprenda al recibir esta carta. Es probable, también, que al principio la tome como una broma sangrienta, y casi seguro que su primer impulso sea el de destruirla y arrojarla lejos de sí. Y, no obstante, difícilmente caería en un error más grave. Vaya en su descargo que no sería el primero en cometerlo, ni el último, desde luego, en arrepentirse.

Se lo diré con toda franqueza: me da usted lástima. Pero este sentimiento no sólo resulta natural, sino que está de acuerdo con sus deseos. Pertenece usted a esa taciturna porción de seres humanos que encuentran en la conmiseración ajena un lenitivo a su dolor. Le ruego que se consuele: su caso nada tiene de extraño. Uno, de cada tres, no busca otra cosa, en las más disimuladas formas. Quien se queja de una enfermedad tan cruel como imaginaria, la que se anuncia abrumada por el pesado fardo de los deberes domésticos, aquel que publica versos quejumbrosos (no importa si buenos o malos), todos están implorando, en el interés de los demás, un poco de la compasión que no se atreven a prodigarse a sí mismos. Usted es más honrado: desdeña versificar su amargura, encubre con elegante decoro el derroche de energía que le exige el pan cotidiano, no se finge enfermo. Simplemente cuenta su historia, y, como haciendo un gracioso favor a sus amigos, les pide consejos con el oscuro ánimo de no seguirlos.

A usted le intrigará cómo me he enterado de su problema. Nada más sencillo: es mi oficio. Pronto le revelaré qué oficio sea ése.

Continúo. Hace tres días, bajo un sol matinal poco común, abordó usted un autobús en la esquina de Reforma y Sevilla. Con frecuencia las personas que afrontan esos vehículos lo hacen con expresión desconcertada y se sorprenden cuando encuentran en ellos un rostro familiar. ¡Qué diferencia en usted! Me bastó ver el fulgor con que brillaron sus ojos al descubrir una cara conocida entre los sudorosos pasajeros, para tener la seguridad de haberme topado con uno de mis favorecedores.

Obedeciendo a un hábito profesional agucé furtivamente el oído. Y en efecto, no bien había usted cumplido, de prisa, con los saludos de rigor, se produjo el inevitable relato de sus desgracias. Ya no me cupo duda. Expuso los hechos en tal forma que era fácil ver que su amigo había recibido las mismas confidencias no más allá de veinticuatro horas antes. Seguirlo durante todo el día hasta descubrir su domicilio fue como de costumbre la parte de mis disciplinas que, me gustaría saber la razón, cumplo con más placer.

Ignoro si esto le servirá de enojo o de alegría; pero me veo en la urgencia de repetirle que su caso no es singular. Voy a exponerle en dos palabras el proceso de su situación presente. Y si, aunque lo dudo, me equivoco, tal error no será otra cosa que la confirmación de la infalible regla.

Padece usted una de las dolencias más normales en el género humano: la necesidad de comunicarse con sus semejantes. Desde que comenzó a hablar, el hombre no ha encontrado nada más grato que una amistad capaz de escucharlo con interés, ya sea para el dolor como para la dicha. Ni aun el amor se iguala a este sentimiento. Hay quienes se conforman con un amigo. Existen aquellos a quienes no les bastan mil. Usted corresponde a los últimos, y en esa simple correspondencia se originan su desgracia y mi oficio.

Me atrevería a jurar que se inició usted refiriendo su conflicto amoroso a un amigo íntimo, y que éste lo escuchó atento hasta el fin y le ofreció las soluciones que creyó oportunas. Pero usted, y de aquí arranca el interminable encadenamiento, no consideró acertadas esas fórmulas. Si le propuso con firmeza cortar, como se dice, por lo sano, usted encontró más de un motivo para no dar por perdida la batalla; si, por el contrario, su consejo fue seguir el asedio hasta la conquista de la plaza, usted se inundó de pesimismo y lo vio todo negro y perdido. De ahí a buscar el remedio en otra persona apenas si hay algo más que un paso. ¿Cuántos dio usted?

Emprendió un esperanzado peregrinaje, hasta agotar su concurrida libreta de direcciones. Incluso trató (con éxito creciente) de entablar nuevas relaciones para apurar el tema. No es extraño que de pronto reparara en que el día tiene tan sólo veinticuatro horas, y en que esa desconsideración astronómica constituía un monstruoso factor en su contra. Fue preciso multiplicar los medios de locomoción y planear un horario de sutil exactitud. El uso metódico del teléfono vino en su auxilio y ensanchó, es cierto, sus posibilidades; pero este anticuado sistema todavía es un lujo, y el setenta por ciento de aquellos a quienes usted quiere mantener enterados carecen de esa dudosa ventaja.

No contento con los desvelos y el insomnio, principió usted a madrugar para ganar un tiempo cada vez más fugitivo e irreparable. El descuido de su aseo personal se hizo notorio: la barba le creció montaraz; sus pantalones, antes impecables, se vieron invadidos por las rodilleras, y un terco polvo gris cubrió de pesadumbre sus zapatos. Le pareció injusto, pero tuvo que aceptar el hecho de que, si bien usted madrugaba lleno de entusiasmo, escaseaban los amigos dispuestos a compartir esa vehemencia matinal. Así, ¿hay que decirlo?, ha llegado el momento ineludible en que usted es físicamente incapaz de conservar bien informado al amplio círculo de sus relaciones sociales.

Ese momento es también mi momento. Por una modesta suma mensual yo le ofrezco la solución más apropiada. Si usted la acepta —y puedo asegurar que lo hará porque no le queda otro remedio— relegará al olvido el incesante deambular, las rodilleras, el polvo, la barba, los fatigosos telefonemas.

En pocas palabras: estoy en condiciones de poner a su disposición una excelente radiodifusora especializada. Dispongo en la actualidad (por el sensible fallecimiento de un antiguo cliente afectado por la Reforma Agraria) de un cuarto de hora que, si tomamos en cuenta lo avanzado de sus confidencias, sería más que suficiente para sostener a sus amistades ya no digamos al día, pero al minuto, de su apasionante caso.

Creo de más enumerar a usted las ventajas de mi método. Sin embargo, le insinuaré algunas.

1.ª El efecto sedante sobre el sistema nervioso está garantizado desde el primer día.

2.ª Discreción asegurada. Aun cuando su voz podrá ser recibida por cualquier sujeto poseedor de un aparato de radio, juzgo improbable que personas ajenas a su amistad quieran seguir una confidencia cuyos antecedentes desconocen. Así, se descarta toda posibilidad de curiosidad malsana.

3.ª Muchos de sus amigos (que hoy escuchan con desgano la versión directa) se interesarán vivamente por la audición radiofónica con sólo que usted mencione en ella sus nombres en forma abierta o alusiva.

4.ª Todos sus conocidos estarán informados al mismo tiempo de los mismos hechos. Circunstancia que evita celos y reclamaciones posteriores, pues solamente un descuido, o un azaroso desperfecto en el aparato propio, colocaría a alguno en desventaja respecto de los demás. Para eliminar esa contingencia deprimente cada programa se inicia con una breve sinopsis de lo narrado con anterioridad.

5.ª El relato cobra mayor interés y variedad, y puede amenizarse, cuando así se considere oportuno, con ilustrativas selecciones de arias de ópera (no insistiré sobre la riqueza sentimental de las italianas) y trozos de los grandes maestros. Un fondo musical adecuado es obligatorio por reglamento. Además, una amplia discoteca, en la que se recogen hasta los más increíbles ruidos que el hombre y la naturaleza producen, está al servicio del suscriptor.

6.ª El relator no ve la cara de los oyentes, lo que evita toda suerte de inhibiciones, tanto para él como para los que lo escuchan.

7.ª Siendo la audición una vez al día y por un cuarto de hora, el confidente dispone de veintitrés horas y tres cuartos de hora adicionales para preparar sus textos, impidiendo así, en absoluto, contradicciones molestas y olvidos involuntarios.

8.ª Si el relato alcanza éxito y al número de amigos y conocidos se suma una considerable cantidad de oyentes espontáneos, no es difícil encontrar casa patrocinadora, lo que une a las ventajas ya registradas cierta factible ganancia monetaria que, de ir creciendo, abriría las posibilidades de absorber las veinticuatro horas del día y convertir, así, una simple audición de quince minutos en un programa ininterrumpido de duración perpetua. Mi honestidad me obliga a confesar que hasta ahora no se ha producido este caso, pero ¿por qué no esperarlo de su talento?

Éste es un mensaje de esperanza. Tenga fe. Por lo pronto, piense con fuerza en esto: el mundo está poblado de seres como usted. Sintonice su aparato receptor exactamente en los 1373 kilociclos, en la banda de 720 metros. A cualquier hora del día o de la noche, en invierno o en verano, con lluvia o con sol, podrá escuchar las voces más diversas e inesperadas, pero también más llenas de melancólica serenidad: la de un capitán que refiere, desde hace más de catorce años, cómo se hundió su barco bajo la aciaga tormenta sin que él se decidiera a compartir su suerte; la de una mujer minuciosa que extravió a su único hijo en la poblada noche de un 15 de septiembre; la de un delator atormentado por el remordimiento; la de un ex dictador centroamericano, la de un ventrílocuo. Todos contando interminablemente su historia, todos pidiendo compasión.

Míster Taylor

—Menos rara, aunque sin duda más ejemplar —dijo entonces el otro—, es la historia de Mr. Percy Taylor, cazador de cabezas en la selva amazónica.

Se sabe que en 1937 salió de Boston, Massachusetts, en donde había pulido su espíritu hasta el extremo de no tener un centavo. En 1944 aparece por primera vez en América del Sur, en la región del Amazonas, conviviendo con los indígenas de una tribu cuyo nombre no hace falta recordar.

Por sus ojeras y su aspecto famélico pronto llegó a ser conocido allí como «el gringo pobre», y los niños de la escuela hasta lo señalaban con el dedo y le tiraban piedras cuando pasaba con su barba brillante bajo el dorado sol tropical. Pero esto no afligía la humilde condición de Mr. Taylor porque había leído en el primer tomo de las *Obras completas* de William G. Knight que si no se siente envidia de los ricos la pobreza no deshonra.

En pocas semanas los naturales se acostumbraron a él y a su ropa extravagante. Además, como tenía los ojos azules y un vago acento extranjero, el Presidente y el Ministro de Relaciones Exteriores lo trataban con singular respeto, temerosos de provocar incidentes internacionales.

Tan pobre y mísero estaba, que cierto día se internó en la selva en busca de hierbas para alimentarse. Había caminado cosa de varios metros sin atreverse a volver el rostro, cuando por pura casualidad vio a través de la maleza dos ojos indígenas que lo observaban decididamente. Un largo estremecimiento recorrió la sensitiva espalda de Mr. Taylor. Pero Mr. Taylor, intrépido, arrostró el peligro y siguió su camino silbando como si nada hubiera visto.

De un salto (que no hay para qué llamar felino) el nativo se le puso enfrente y exclamó:

—*Buy head? Money, money.*

A pesar de que el inglés no podía ser peor. Mr. Taylor, algo indispuesto, sacó en claro que el indígena le ofrecía en venta una cabeza de hombre, curiosamente reducida, que traía en la mano.

Es innecesario decir que Mr. Taylor no estaba en capacidad de comprarla; pero como aparentó no comprender, el indio se sintió terriblemente disminuido por no hablar bien el inglés, y se la regaló pidiéndole disculpas.

Grande fue el regocijo con que Mr. Taylor regresó a su choza. Esa noche, acostado boca arriba sobre la precaria estera de palma que le servía de lecho, interrumpido tan sólo por el zumbar de las moscas acaloradas que revoloteaban en torno haciéndose obscenamente el amor, Mr. Taylor contempló con deleite durante un buen rato su curiosa adquisición. El mayor goce estético lo extraía de contar, uno por uno, los pelos de la barba y el bigote, y de ver de frente el par de ojillos entre irónicos que parecían sonreírle agradecidos por aquella deferencia.

Hombre de vasta cultura, Mr. Taylor solía entregarse a la contemplación; pero esta vez en seguida se aburrió de sus reflexiones filosóficas y dispuso obsequiar la cabeza a un tío suyo, Mr. Rolston, residente en Nueva York, quien desde la más tierna infancia había revelado una fuerte inclinación por las manifestaciones culturales de los pueblos hispanoamericanos.

Pocos días después el tío de Mr. Taylor le pidió —previa indagación sobre el estado de su importante salud— que por favor lo complaciera con cinco más. Mr. Taylor accedió gustoso al capricho de Mr. Rolston y —no se sabe de qué modo— a vuelta de correo «tenía mucho agrado en satisfacer sus deseos». Muy reconocido, Mr. Rolston le solicitó otras diez. Mr. Taylor se sintió «halagadísimo de poder servirlo». Pero cuando pasado un mes aquél le rogó el envío de veinte, Mr. Taylor, hombre rudo y barbado pero de refinada sensibilidad artística, tuvo el presentimiento de que el hermano de su madre estaba haciendo negocio con ellas.

Bueno, si lo quieren saber, así era. Con toda franqueza, Mr. Rolston se lo dio a entender en una inspirada carta cuyos términos resueltamente comerciales hicieron vibrar como nunca las cuerdas del sensible espíritu de Mr. Taylor.

De inmediato concertaron una sociedad en la que Mr. Taylor se comprometía a obtener y remitir cabezas humanas reducidas en escala industrial, en tanto que Mr. Rolston las vendería lo mejor que pudiera en su país.

Los primeros días hubo algunas molestas dificultades

con ciertos tipos del lugar. Pero Mr. Taylor, que en Boston había logrado las mejores notas con un ensayo sobre Joseph Henry Silliman, se reveló como político y obtuvo de las autoridades no sólo el permiso necesario para exportar, sino, además, una concesión exclusiva por noventa y nueve años. Escaso trabajo le costó convencer al guerrero Ejecutivo y a los brujos Legislativos de que aquel paso patriótico enriquecería en corto tiempo a la comunidad, y de que luego estarían todos los sedientos aborígenes en posibilidad de beber (cada vez que hicieran una pausa en la recolección de cabezas), de beber un refresco bien frío, cuya fórmula mágica él mismo proporcionaría.

Cuando los miembros de la Cámara, después de un breve pero luminoso esfuerzo intelectual, se dieron cuenta de tales ventajas, sintieron hervir su amor a la patria y en tres días promulgaron un decreto exigiendo al pueblo que acelerara la producción de cabezas reducidas.

Contados meses más tarde, en el país de Mr. Taylor las cabezas alcanzaron aquella popularidad que todos recordamos. Al principio eran privilegio de las familias más pudientes; pero la democracia es la democracia y, nadie lo va a negar, en cuestión de semanas pudieron adquirirlas hasta los mismos maestros de escuela.

Un hogar sin su correspondiente cabeza teníase por un hogar fracasado. Pronto vinieron los coleccionistas y, con ellos, las contradicciones; poseer diecisiete cabezas llegó a ser considerado de mal gusto; pero era distinguido tener once. Se vulgarizaron tanto que los verdaderos elegantes fueron perdiendo interés y ya sólo por excepción adquirían alguna, si presentaba cualquier particularidad que la salvara de lo vulgar. Una, muy rara, con bigotes prusianos, que perteneciera en vida a un general bastante condecorado, fue obsequiada al Instituto Danfeller, el que a su vez donó, como de rayo, tres millones y medio de dólares para impulsar el desenvolvimiento de aquella manifestación cultural, tan excitante, de los pueblos hispanoamericanos.

Mientras tanto, la tribu había progresado en tal forma que ya contaba con una veredita alrededor del Palacio Legislativo. Por esa alegre veredita paseaban los domingos y el Día de la Independencia los miembros del Congreso, carraspeando, luciendo sus plumas, muy serios riéndose, en las bicicletas que les había obsequiado la Compañía.

Pero, ¿qué quieren? No todos los tiempos son buenos. Cuando menos lo esperaban se presentó la primera escasez de cabezas.

Entonces comenzó lo más alegre de la fiesta.

Las meras defunciones resultaron ya insuficientes. El Ministro de Salud Pública se sintió sincero, y una noche caliginosa, con la luz apagada, después de acariciarle un ratito el pecho como por no dejar, le confesó a su mujer que se consideraba incapaz de elevar la mortalidad a un nivel grato a los intereses de la Compañía, a lo que ella le contestó que no se preocupara, que ya vería cómo todo iba a salir bien, y que mejor se durmieran.

Para compensar esa deficiencia administrativa fue indispensable tomar medidas heroicas y se estableció la pena de muerte en forma rigurosa.

Los juristas se consultaron unos a otros y elevaron a la

categoría de delito, penado con la horca o el fusilamiento, según su gravedad, hasta la falta más nimia.

Incluso las simples equivocaciones pasaron a ser hechos delictuosos. Ejemplo, si en una conversación banal, alguien, por puro descuido, decía «Hace mucho calor», y posteriormente podía comprobársele, termómetro en mano, que en realidad el calor no era para tanto, se le cobraba un pequeño impuesto y era pasado ahí mismo por las armas, correspondiendo la cabeza a la Compañía y, justo es decirlo, el tronco y las extremidades a los dolientes.

La legislación sobre las enfermedades ganó inmediata resonancia y fue muy comentada por el Cuerpo Diplomático y por las Cancillerías de potencias amigas.

De acuerdo con esa memorable legislación, a los enfermos graves se les concedían veinticuatro horas para poner en orden sus papeles y morirse; pero si en este tiempo tenían suerte y lograban contagiar a la familia, obtenían tantos plazos de un mes como parientes fueran contaminados. Las víctimas de enfermedades leves y los simplemente indispuestos merecían el desprecio de la patria y, en la calle, cualquiera podía escupirles el rostro. Por primera vez en la historia fue conocida la importancia de los médicos (hubo varios candidatos al premio Nobel) que no curaban a nadie. Fallecer se convirtió en ejemplo del más exaltado patriotismo, no sólo en el orden nacional, sino en el más glorioso, en el continental.

Con el empuje que alcanzaron otras industrias subsidiarias (la de ataúdes, en primer término, que floreció con la asistencia técnica de la Compañía) el país entró, como se dice, en un período de gran auge económico. Este impulso fue particularmente comprobable en una nueva veredita florida, por la que paseaban, envueltas en la melancolía de las doradas tardes de otoño, las señoras de los diputados, cuyas lindas cabecitas decían que sí, que sí, que todo estaba bien, cuando algún periodista solícito, desde el otro lado, las saludaba sonriente sacándose el sombrero.

Al margen recordaré que uno de estos periodistas, quien en cierta ocasión emitió un lluvioso estornudo que no pudo justificar, fue acusado de extremista y llevado al paredón de fusilamiento. Sólo después de su abnegado fin los académicos de la lengua reconocieron que ese periodista era una de las más grandes cabezas del país; pero una vez reducida quedó tan bien que ni siquiera se notaba la diferencia.

¿Y Mr. Taylor? Para ese tiempo ya había sido designado consejero particular del Presidente Constitucional. Ahora, y como ejemplo de lo que puede el esfuerzo individual, contaba los miles por miles; mas esto no le quitaba el sueño porque había leído en el último tomo de las *Obras completas* de William G. Knight que ser millonario no deshonra si no se desprecia a los pobres.

Creo que con ésta será la segunda vez que diga que no todos los tiempos son buenos.

Dada la prosperidad del negocio llegó un momento en que del vecindario sólo iban quedando ya las autoridades y sus señoras y los periodistas y sus señoras. Sin mucho esfuerzo, el cerebro de Mr. Taylor discurrió que el único remedio posible era fomentar la guerra con las tribus vecinas. ¿Por qué no? El progreso.

Con la ayuda de unos cañoncitos, la primera tribu fue limpiamente descabezada en escasos tres meses. Mr. Taylor saboreó la gloria de extender sus dominios. Luego vino la segunda; después la tercera y la cuarta y la quinta. El progreso se extendió con tanta rapidez que llegó la hora en que, por más esfuerzos que realizaron los técnicos, no fue posible encontrar tribus vecinas a quienes hacer la guerra.

Fue el principio del fin.

Las vereditas empezaron a languidecer. Sólo de vez en cuando se veía transitar por ellas a alguna señora, a algún poeta laureado, con su libro bajo el brazo. La maleza, de nuevo, se apoderó de las dos, haciendo difícil y espinoso el delicado paso de las damas. Con las cabezas, escasearon las bicicletas y casi desaparecieron del todo los alegres saludos optimistas.

El fabricante de ataúdes estaba más triste y fúnebre que nunca. Y todos sentían como si acabaran de recordar de un grato sueño, de ese sueño formidable en que tú te encuentras una bolsa repleta de monedas de oro y la pones debajo de la almohada y sigues durmiendo y al día siguiente muy temprano, al despertar, la buscas y te hallas con el vacío.

Sin embargo, penosamente, el negocio seguía sosteniéndose. Pero ya se dormía con dificultad, por el temor a amanecer exportado.

En la patria de Mr. Taylor, por supuesto, la demanda era cada vez mayor. Diariamente aparecían nuevos inventos, pero en el fondo nadie creía en ellos y todos exigían las cabecitas hispanoamericanas.

Fue para la última crisis. Mr. Rolston, desesperado,

pedía y pedía más cabezas. A pesar de que las acciones de la Compañía sufrieron un brusco descenso, Mr. Rolston estaba convencido de que su sobrino haría algo que lo sacara de aquella situación.

Los embarques, antes diarios, disminuyeron a uno por mes, ya con cualquier cosa, con cabezas de niño, de señoras, de diputados.

De repente cesaron del todo.

Un viernes áspero y gris, de vuelta de la Bolsa, aturdido aún por la gritería y por el lamentable espectáculo de pánico que daban sus amigos, Mr. Rolston se decidió a saltar por la ventana (en vez de usar el revólver, cuyo ruido lo hubiera llenado de terror) cuando al abrir un paquete del correo se encontró con la cabecita de Mr. Taylor, que le sonreía desde lejos, desde el fiero Amazonas, con una sonrisa falsa de niño que parecía decir: «Perdón, perdón, no lo vuelvo a hacer».

El dinosaurio

Cuando despertó, el dinosaurio todavía estaba allí.

Movimiento perpetuo

> *Papé: Satán, papé: Satán Aleppe.*
> DANTE, *Infierno*, VII

—¿Te acordaste?
Luis se enredó en un complicado pero en todo caso débil esfuerzo mental para recordar qué era lo que necesitaba haber recordado.
—No.
El gesto de disgusto de Juan le indicó que esta vez debía de ser algo realmente importante y que su olvido le acarrearía las consecuencias negativas de costumbre. Así siempre. La noche entera pensando no debo olvidarlo para a última hora olvidarlo. Como hecho adrede. Si supieran el trabajo que le costaba tratar de recordar, para no hablar ya de recordar. Igual que durante toda la primaria: ¿Nueve por siete?
—¿Qué te pasó?
—¿Que qué me pasó?
—Sí; como no te acordaste.
No supo qué contestar. Un intento de contraataque:
—Nada. Se me olvidó.
—¡Se me olvidó! ¿Y ahora?
—¿Y ahora?

Resignado y conciliador, Juan le ordenó o, según después Luis, quizá simplemente le dijo que no discutieran más y que si quería un trago.

Sí. Fue a servirse él mismo. El whisky con agua, en el que colocó tres cubitos de hielo que con el calor empezaron a disminuir rápidamente aunque no tanto que lo hiciera decidirse a poner otro, tenía un sedante color ámbar. ¿Por qué sedante? No desde luego por el color, sino porque era whisky, whisky con agua, que le haría olvidar que tenía que recordar algo.

—Salud.

—Salud.

—Qué vida —dijo irónico Luis moviéndose en la silla de madera y mirando con placidez a la playa, al mar, a los barcos, al horizonte; al horizonte que era todavía mejor que los barcos y que el mar y que la playa, porque más allá uno ya no tenía que pensar ni imaginar ni recordar nada.

Sobre la olvidadiza arena varios bañistas corrían enfrentando a la última luz del crepúsculo sus dulces pelos y sus cuerpos ya más que tostados por varios días de audaz exposición a los rigores del astro rey. Juan los miraba hacer, meditativo. Meditaba pálidamente que Acapulco ya no era el mismo, que acaso tampoco él fuera el mismo, que sólo su mujer continuaba siendo la misma y que lo más seguro era que en ese instante estuviera acariciándose con otro hombre detrás de cualquier peñasco, o en cualquier bar o a bordo de cualquier lancha. Pero aunque en realidad no le importaba, eso no quería decir que no pensara en ello a todas horas. Una cosa era una cosa y otra otra. Julia seguiría siendo Julia hasta la consumación de los siglos, tal como la viera por primera vez seis años antes, cuando, sin provocación y más bien con sorpresa de su parte, en una fiesta en la que no conocía casi a nadie, se le quedó viendo y se le aproximó y lo invitó a bailar, y él aceptó y ella lo rodeó con sus brazos y comenzó a incitarlo arrimándosele y buscándolo con las piernas y acercándosele suave pero calculadoramente para que él pudiera sentir el roce de sus pechos y dejara de estar nervioso y se animara.

—¿Te sirvo otro? —dijo Luis.
—Gracias.

Y en cuanto pudo lo besó y lo cercó y lo llevó a donde quiso y le presentó a sus amigos y lo emborrachó y esa misma noche, cuando aún no sabían ni sus apellidos y cuando como a las tres y media de la mañana ni siquiera podía decirse que hubieran acabado de entrar en su departamento —el de ella—, sin darle tiempo a defenderse aunque fuera para despistar, lo arrastró hasta su cama y lo poseyó en tal forma que cuando él se dio cuenta de que ella era virgen apenas se extrañó, no obstante que ella lo dirigió todo, como ese y el segundo, y el tercero y el cuarto año de casados, sin que por otra parte pudiera afirmarse que ella tuviera nada, ni belleza, ni talento, ni dinero; nada, únicamente aquello.

—El hielo no dura nada —dijo Luis.
—Nada.
Únicamente nada.

Julia entró de pantalones, con el cabello todavía mojado por la ducha.

—¿No invitan?
—Sí; sírvete.
—Qué amable.
—Yo te sirvo —dijo Luis.
—Gracias. ¿Te acordaste?
—Se le volvió a olvidar; qué te parece.
—Bueno, ya. Se me olvidó y qué.
—¿No van a la playa? —dijo ella.

Bebió su whisky con placer: no hay que dejar entrar la cruda.

Los tres quedaron en silencio. No hablar ni pensar en nada. ¿Cuántos días más? Cinco. Contando desde mañana, cuatro. Nada. Si uno pudiera quedarse para siempre, sin ver a nadie. Bueno, quizá no. Bueno, quién sabía. La cosa estaba en acostumbrarse. Bien tostados. Negros, negros.

Cuando la negra noche tendió su manto pidieron otra botella y más agua y más hielo y después más agua y más hielo. Empezaban a sentirse bien. De lo más bien. Los astros tiritaban azules a lo lejos en el momento en que Julia propuso ir al Guadalcanal a cenar y bailar.

—Hay dos orquestas.
—¿Y por qué no cuatro?
—¿Verdad?
—Vamos a vestirnos.

Una vez allí confirmaron que tal como Juan lo había presentado para el Guadalcanal era horriblemente temprano. Escasos gringos por aquí y por allá, bebiendo tristes y bailando graves, animados, aburridos. Y unos cuantos de nosotros alegrísimos, cuándo no, mucho antes de tiempo. Pero como a la una principió a llegar la gente y al rato hasta podía decirse, perdonando la metáfora, que no cabía un alfiler. En cumplimiento de la tradición, Julia había invitado a Juan y a Luis a bailar; pero después de dos piezas Juan ya no quiso y Luis no era muy bueno (se le olvidaban afirmaba los pasos y si era mambo o rock). Entonces, como desde hacía uno, dos, tres, cuatro años, Julia se las ingenió para encontrar con quién divertirse. Era fácil. Lo único que había que hacer consistía en mirar de cierto modo a los que se quedaban solos en las otras mesas. No fallaba nunca. Pronto vendría algún joven (nacional, de los nuestros) y al verla rubia le preguntaría en inglés que si le permitía, a lo que ella respondería dirigiéndose no a él sino a su marido en demanda de un consentimiento que de antemano sabía que él no le iba a negar y levantándose y tendiendo los brazos a su invitante, quien más o menos riéndose iniciaría rápidas disculpas por haberla confundido con una norteamericana y se reiría ahora desconcertado de veras cuando ella le dijera que sí, que en efecto era norteamericana, y pasaría aún otro rato cohibido, toda vez que a estas alturas resultaba obvio que ella vivía desde muchos años antes en el país, lo cual convertía en francamente ridículo cualquier intento de reiniciar la plática sobre la manoseada base de si llevaba mucho tiempo en México y de si le gustaba México. Pero entonces ella volvería a darle ánimo mediante la infalible táctica de presionarlo con las piernas para que él comprendiera que de lo que se trataba era de bailar y no de hacer preguntas ni de atormentarse esforzándose en buscar temas de conversación, pues, si bien era bonito sentir placer físico, lo que a ella más le agradaba era dejarse llevar por el pensamiento de que su marido se hallaría sufriendo como de costumbre por saberla en brazos de otro, o imaginando que aplicaría con éste ni más ni menos que las mismas tácticas que había usado con él, y que en ese instante estaría lleno de resentimiento y de rabia sirviéndose otra copa, y que después de otras dos se voltearía de espaldas a la pista de baile para no ver la archisabida maniobra de ellos consistente en acercarse a intervalos prudenciales a la mesa separados más de la cuenta como dos inocentes palomas y hablando casi a gritos y riéndose con él para enseguida alejarse con maña y perderse detrás de las parejas más distantes y abrazarse a su sabor y besarse sin cambiar palabra pero con la certeza de que dentro de unos minutos, una vez que su marido se encontrara completamente borracho, estarían más seguros y el joven nacional podría llevarlos a todos en su coche con ella en el asiento delantero como muy apartaditos pero en realidad más unidos que nunca por la mano derecha de él buscando algo entre sus muslos, mientras hablaría en voz alta de cosas indiferentes como el calor o el frío, según el caso, en tanto que su marido simularía estar más ebrio de lo que estaba con el exclusivo objeto de que ellos pudieran actuar a su antojo y ver hasta dónde llegaban, y emitiría de vez en cuando uno que otro guiño para que Luis lo creyera en el quinto sueño y no pensara que se daba cuenta de nada. Después llegarían a su hotel y su marido y ella bajarían del coche y el joven nacional se despediría y ofrecería llevar a Luis al suyo y éste aceptaría y ellos les dirían alegremente adiós desde la puerta hasta que el coche no arrancara, y ya solos entrarían y se servirían otro whisky y él la recriminaría y le diría que era una puta y que si creía que no la había visto restregándose contra el mequetrefe ése, y ella negaría indignada y le contestaría que estaba loco y que era un pobre celoso acomplejado, y entonces él la golpearía en la cara con la mano abierta y ella trataría de arañarlo y lo insultaría enfurecida y empezaría a desnudarse arrojando la ropa por aquí y por allá y él lo mismo hasta que ya en la cama, empleando toda su fuerza, la acostaría boca abajo y la azotaría con un cinturón destinado especialmente a eso, hasta que ella se cansara del juego y según lo acostumbrado se diera vuelta y lo recibiera sollozando no de dolor ni de rabia sino de placer, del placer de estar una vez más con el único hombre que la había poseído y a quien jamás había engañado ni pensaba engañar jamás.

—¿Me permite? —dijo en inglés el joven nacional.

Obras completas

Cuando cumplió cincuenta y cinco años, el profesor Fombona había consagrado cuarenta al resignado estudio de las más diversas literaturas, y los mejores círculos intelectuales lo consideraban autoridad de primer orden en una dilatada variedad de autores. Sus traducciones, monografías, prólogos y conferencias, sin ser lo que se llama geniales (por lo menos eso dicen hasta sus enemigos) podrían constituir en caso dado una preciosa memoria de cuanto valor se ha escrito en el mundo, máxime si ese caso fuera, digamos, la destrucción de todas las bibliotecas existentes.

Su gloria como maestro de la juventud no era menor. El selecto grupo de ávidos discípulos que comandaba, y con el que compartía una que otra hora por las tardes, veía en él un humanista de inagotable erudición y seguía sus indicaciones con fanatismo incondicional, del que el propio Fombona era el primero en asustarse: más de una vez había sentido el peso de esos destinos gravitando sobre su conciencia.

El último, Feijoo, apareció tímidamente. Un día, con

cualquier pretexto, se atrevió a reunírseles en el café*. Aceptado en principio por Fombona, más tarde se incorporó al grupo como todo buen neófito: con cierto temor inocultable y sin participar mucho en las discusiones. Sin embargo, pasados algunos días y vencida en parte la timidez inicial, se decidió al fin a mostrarles algunos versos. Le gustaba leerlos él mismo, acentuando con entonación molestamente escolar las partes que creía de mayor efecto. Después doblaba sus papelitos con serenidad nerviosa, los metía en su cartapacio y jamás volvía a hablar de ellos. Ante cualquier opinión, favorable o negativa, desarrollaba un silencio oprimido, molesto. Inútil consignar que a Fombona esos trabajos no le parecían buenos, pero adivinaba en el autor cierta fuerza poética oculta pugnando por salir.

La inseguridad de Feijoo no podía escapar a la felina percepción de Fombona. Muchas veces lo pensó con detenimiento y estuvo a punto de decirle unas palabras de elogio (era obvio que Feijoo las necesitaba); pero una resistencia extraña que no llegó nunca a comprender, o que trataba por todos los medios de ocultarse, le impedía pronunciar esas palabras. Por el contrario, si algo se le ocurría era más bien una broma, cualquier agudeza sobre los versos, que provocaba invariablemente la risa de todos. Decía que eso «descargaba la atmósfera» haciendo menos sensible su presencia de maestro; pero un acre remordimiento se apoderaba siempre de él inmediatamente después de aquellas salidas. La parquedad en el elogio era la virtud que cultivaba con más esmero. Sin

---

* El Daysie's, en la calle de Versalles, cerca de Reforma.

duda porque él mismo, a la edad de Feijoo, se avergonzaba de escribir versos, y un rubor invencible —tanto más difícil de evitar cuanto más combatido— le subía al rostro si alguien encomiaba sus vacilantes composiciones. Aún ahora, cuando cuarenta años de tenaz ejercicio literario —traducciones, monografías, prólogos y conferencias— le deparaban una seguridad antes desconocida, rehuía todo género de alabanzas, y los elogios de sus admiradores eran para él más bien una constante amenaza, algo que en secreto imploraba, pero que rechazaba siempre con un gesto huraño, o superior.

Con el tiempo los poemas de Feijoo empezaron a ser perceptiblemente mejores. Claro, ni Fombona ni su grupo se lo decían, pero en ausencia de Feijoo comentaban la posibilidad de que terminara por convertirse en un gran poeta. Sus progresos fueron finalmente tan notorios que el mismo Fombona se entusiasmó, y una tarde, como sin darse cuenta, le dijo que *a pesar de todo* sus versos encerraban no poca belleza. El rubor de Feijoo ante lo insólito de ese inesperado incienso fue más visible y penoso que nunca. Evidentemente sufría por la exigencia futura que esas palabras implicaban: mientras Fombona guardó silencio no tenía nada que perder; ahora su obligación era superarse a cada nuevo intento para conservar el derecho a aquella generosa frase de aliento.

Desde entonces le fue cada vez más difícil mostrar sus trabajos. Por otra parte, a partir de ese momento el entusiasmo de Fombona se transformó en una discreta indiferencia que Feijoo no tuvo la capacidad de comprender. Un sentimiento de impotencia lo asaltó ya no sólo ante los demás, sino hasta a solas consigo mismo. Aquella alabanza de Fombona equivalía un poco a la gloria, y el riesgo de una censura fue algo que Feijoo no se sintió ya con fuerzas para afrontar. Pertenecía a esa clase de personas a quienes los elogios hacen daño.

En Daysie's el café no es muy bueno y últimamente lo contamina la televisión. Saltemos sobre la ingrata descripción de ese ambiente banal y no nos detengamos, pues no viene al caso, ni siquiera a ver los rostros llenos de vida de las adolescentes que pueblan las mesas, ni mucho menos a oír las conversaciones de los graves empleados de banco que en las tardes, a la hora del crepúsculo, gustan dialogar, llenos de la suave melancolía propia de su profesión, acerca de sus números y de las mujeres sutilmente perfumadas con que sueñan.

Iturbe, Ríos y Montúfar charlaban sobre sus respectivas especialidades: Montúfar, Quintiliano; Ríos, Lope de Vega; Iturbe, Rodó. Al calor de un café que la charla había dejado enfriar, Fombona, como un director de orquesta, señalaba a cada uno la nota apropiada, y extraía una y otra vez de su insondable saco gris (cruelmente injuriado por superpuestas manchas de origen poco misterioso) tarjetas con nuevos datos, por las cuales la posteridad estaría en aptitud de saber que hubo una coma que Rodó no puso, un verso que Lope encontró prácticamente en la calle, un giro que indignaba a Quintiliano. Brillaba en todos los ojos la alegría que esos aportes eruditos despiertan siempre en las personas de corazón sensible. Cartas de primordiales especialistas, envíos de amigos lejanos y hasta contribuciones de procedencia anónima, iban a acrecentar semana a semana el conocimiento exhaustivo de esos grandes hombres distantes en el tiempo y en la geografía. Esta variante, aquella simple errata descubierta en los textos, acrecentaban en el grupo la fe en la importancia de su trabajo, en la cultura, en el destino de la humanidad.

Feijoo, según su costumbre, llegó en silencio y se colocó de inmediato al margen de la conversación. Aparte de conocer bien a Lope de Vega (aunque conocer «bien» a Lope de Vega era algo que Fombona no creía posible), es improbable que supiera distinguir con claridad la diferencia precisa entre Quintiliano y Rodó. Resultaba fácil ver que se sentía molesto y como disminuido.

Fombona consideró propicio el momento. Como solía en esos casos, produjo un cargado silencio que se prolongó por varios minutos. Después, sonriendo un poco, dijo:

—Dígame, Feijoo, ¿recuerda aquella cita de Shakespeare que trae Unamuno en el capítulo III de *Del sentimiento trágico de la vida*?

No; Feijoo no la recordaba.

—Búsquela; es interesante, puede servirle.

Tal como lo esperaba, al día siguiente Feijoo habló de aquella cita y de su torpe memoria.

Unamuno dejó de ser tema de conversación por algunos días. Y Quintiliano, Lope y Rodó tuvieron tiempo de crecer considerablemente.

Cuando ya Unamuno estaba olvidado por completo:

—Feijoo —dijo otra vez sonriendo Fombona—, usted

que conoce tan bien a Unamuno, ¿recuerda cuál fue su primer libro traducido al francés?

Feijoo no lo recordaba muy bien.

El sábado y el domingo siguiente no se vieron. Pero el lunes Feijoo proporcionó ese dato, y la fecha, y el pie de imprenta.

Desde ese día inolvidable las conversaciones adquirieron un nuevo huésped efectivo: Feijoo. Ahora charlaban mucho mejor, y cierto atardecer desapacible, en que la lluvia imprimía una vaga tristeza en los rostros de todos, Feijoo pronunció por primera vez, clara y distintamente, el nombre sagrado de Quintiliano. Feijoo, antigua pieza suelta en aquel armonioso sistema, había encontrado por fin su lugar preciso en el engranaje. Desde entonces los unió algo que antes no compartían: el afán de saber, de saber con precisión.

Fombona volvió a gozar el deleite de sentirse maestro, y un día y otro imprimió un nuevo signo en aquella dócil materia. ¡La indecisión de Feijoo encajaba tan fácilmente en la indecisión de Unamuno! El tema no fue escogido al azar. El campo era infinito. Unamuno filósofo, Unamuno novelista, Unamuno poeta, Kierkegaard y Unamuno, Unamuno y Heidegger y Sartre. Un autor digno de que alguien le consagrara la vida entera, y él, Fombona, encauzando esa vida, haciéndola una prolongación de la suya. Imaginaba a Feijoo en un mar de papeles y notas y pruebas de imprenta, libre de sus temores, de su horror a la creación. ¡Qué seguridad adquiriría! Cómo en adelante aquel querido muchacho temeroso podría enfrentarse a quien fuera, y hablar de todo a través de Unamuno. Y se vio a sí mismo, cuarenta años atrás, sufriendo avergonzado y solo por el verso que se negaba a salir, y que si salía era únicamente para producirle aquel rubor como fuego que nunca pudo explicarse. Pero de nuevo volvió la vieja duda a atormentarlo. Se preguntó otra vez si sus traducciones, monografías, prólogos y conferencias —que constituirían, en caso dado, una preciosa memoria de cuanto de valor se había escrito en el mundo— bastarían a compensarlo de la primavera que sólo vio a través de otros y del verso que no se atrevió nunca a decir. La responsabilidad de un nuevo destino oprimía sus hombros. Y un como remordimiento, el viejo remordimiento de siempre, vino a intranquilizar sus noches: Feijoo, Feijoo, muchacho querido, escápate, escápate de mí, de Unamuno; quiero ayudarte a escapar.

Cuando Marcel Bataillon nos visitó hace unos meses, Fombona les propuso organizar una reunión para agasajarlo y hablar de sus libros.

En la pequeña fiesta Bataillon se interesó vivamente por los nuevos poetas, por la investigación literaria, por la pintura, por todo. Como a las diez y media Fombona tomó a Feijoo por el brazo (creyó percibir una ligera resistencia que fue vencida más por la autoridad de su mirada sonriente que por la fuerza), se acercó al distinguido visitante y pronunció despacio, con calma:

—Maestro, quiero presentarle a Feijoo. Es especialista en Unamuno; prepara la edición crítica de sus *Obras completas*.

Feijoo le estrechó la mano y dijo dos o tres palabras

que casi no se oyeron, pero que significaban que sí, que mucho gusto, mientras Fombona saludaba de lejos a alguien, o buscaba un cerillo, o algo.

Homenaje a Masoch

Lo que acostumbraba cuando se acababa de divorciar por primera vez y se encontraba por fin y se sentía tan contento de ser libre de nuevo, era, después de estar unas cuantas horas haciendo chistes y carcajeándose con sus amigos en el café, o en el cóctel de la exposición tal, donde todos se morían de risa de las cosas que decía, volver por la noche a su departamento nuevamente de soltero y tranquilamente y con delectación morosa ponerse a acarrear sus instrumentos, primero un sillón, que colocaba en medio del tocadiscos y una mesita, después una botella de ron y un vaso mediano, azul, de vidrio de Carretones, después una grabación de la Tercera Sinfonía de Brahms dirigida por Félix Weingartner, después su gordo ejemplar empastado Editorial Nueva España, S. A., México, 1944, de *Los hermanos Karamazov;* y enseguida conectar el tocadiscos, destapar la botella, servirse un vaso, sentarse y abrir el libro por el capítulo III del Epílogo para leer reiteradamente aquella parte en que se ve muerto al niño Ilucha en un féretro azul, con las manos plegadas sobre el pecho y los ojos cerrados, y en la que el niño Kolya, al saber por Aliocha que Mitya

su hermano es inocente de la muerte de su padre y sin
embargo va a morir, exclama emocionado que le gustaría morir por toda la humanidad, sacrificarse por la verdad aunque fuese con afrenta; para seguir con las discusiones acerca del lugar en que debía ser enterrado Ilucha, y con las palabras del padre, quien les cuenta que Ilucha le pidió que cuando lo hubiera cubierto la tierra desmigajara un pedazo de pan para que bajaran los gorriones y que él los oiría y se alegraría sintiéndose acompañado, y más tarde él mismo, ya enterrado Ilucha, parte y esparce en pedacitos un pan murmurando: «Venid, volad aquí, pajaritos, volad gorriones», y pierde a cada rato el juicio y se desmaya y se queda como ido y luego vuelve en sí y comienza de nuevo a llorar, y se arrepiente de no haber dado a la madre de Ilucha una flor de su féretro y quiere ir corriendo a ofrecérsela, hasta que por último Aliocha, en un rapto de inspiración, al lado de la gran piedra en donde Ilucha quería ser enterrado, se dirige a los condiscípulos de éste y pronuncia el discurso en que les dice aquellas esperanzadas cosas relativas a que pronto se separarán, pero que de todos modos, cualesquiera que sean las circunstancias que tengan que enfrentar en la vida, no deben olvidar ese momento en que se sienten buenos, y que si alguna vez cuando sean mayores se ríen de ellos mismos por haber sido buenos y generosos, una voz dirá en su corazón: «No, no hago bien en reírme, pues no es esto cosa de risa», y que se lo dice por si llegan a ser malos, pero no hay motivo para que seamos malos, verdad muchachos, y que aun dentro de treinta años recordará esos rostros vueltos hacia él, y que a todos los quiere, y que de ahí en adelante todos

tendrán un puesto en su corazón, con la final explosión de entusiasmo en que los niños conmovidos gritan a coro ¡viva Karamazov!; lectura que desarrollaba a un ritmo tal y tan bien calculado que los vivas a Karamazov terminaban exactamente con los últimos acordes de la sinfonía, para volver nuevamente a empezar según el efecto del ron lo permitiera, sobre todo que permitiera por último apagar el tocadiscos, tomar una copa final e irse a la cama, para ya en ella hundir minuciosamente la cabeza en la almohada y sollozar y llorar amargamente una vez más por Mitya, por Ilucha, por Aliocha, por Kolya, por Mitya, por Ilucha, por Aliocha, por Kolya, por Mitya.

Primera dama

—Mi marido dice que son tonterías mías —pensaba—; pero lo que quiere es que yo sólo me esté en la casa, matándome como antes. Y eso sí que no se va a poder. Los otros le tendrán miedo, pero yo no. Si no le hubiera ayudado cuando estábamos bien fregados, todavía. ¿Y por qué no voy a poder recitar, si me gusta? El hecho de que él sea Presidente, en vez de ser un obstáculo debería hacerlo pensar que así le ayudo más. Y es que los hombres, sean presidentes o no, son llenos de cosas. Además, yo no voy a andar recitando en cualquier parte como una loca sino en actos oficiales o en veladas de beneficencia. Sí pues, si no tiene nada de malo.

No tenía nada de malo. Terminó de bañarse. Entró en su dormitorio. Mientras se peinaba, vio en el espejo, detrás de ella, los estantes de libros en desorden. Novelas. Libros de poesía. Pensó en algunos y en lo mucho que le gustaban. Antologías de las mil mejores poesías universales, titanes y recitadores sin maestro en los que había señalado con papelitos los poemas más bellos. *Reír llorando. La cabeza del rabí. ¡Trópico! A una madre.* Dios mío, de dónde sacaban tanto tema. Pronto ya no iban a caber los libros en la casa. Pero aunque uno no los leyera todos, eran la mejor herencia.

Sobre el tocador tenía varios ejemplares del programa de esa noche. Si se animara a dar un recital ella sola. Hasta ahora no había organizado ninguno, por modestia. Sabía, sin embargo, que de cualquier manera ella era la figura principal.

Esta vez se trataba de una velada preparada algo a la carrera para el Desayuno Escolar. Alguien había notado que los niños de las escuelas andaban medio desnutridos, y que algunos se desmayaban a eso de las once, tal vez cuando el maestro estaba en lo mejor. Al principio lo atribuyeron a indigestiones, más tarde a una epidemia de lombrices (Salubridad) y sólo al final, durante una de sus frecuentes noches de insomnio, el Director General de Educación, nebulosamente, sospechó que podrían ser casos de hambre.

Cuando el Director General convocó a un buen número de padres de familia, la mayoría se indignó de viva voz ante la suposición de que fueran tan pobres, y, por orgullo frente a los demás, ninguno estuvo dispuesto a aceptarlo. Pero en cuanto se disolvió la reunión, varios de ellos, individualmente, se acercaron al Director y reconocieron que en ocasiones —no siempre, claro— mandaban a sus hijos a la escuela sin nada en el estómago. El Director se asustó al confirmar su sospecha y decidió que era necesario hacer algo pronto. Por fortuna recordó que el Presidente había sido su compañero de colegio y dispuso ir a verlo cuanto antes. No se arrepintió. El Presidente lo recibió de lo más simpático, probablemente con mucha más cordialidad de la que hubiera desplegado desde una posición menos elevada. De manera que cuando él comenzó: «Señor Presidente...» se rió y le dijo: «Dejate de babosadas de Señor Presidente y decime sin rodeos a lo que venís», y siempre riéndose lo obligó a sentarse, mediante una ligera presión en el hombro. Estaba de buenas. Pero el Director sabía que por más palmaditas que le diera ya no era lo mismo que en los tiempos en que iban juntos a la escuela, o sencillamente que hacía apenas dos años, cuando todavía se tomaron un trago con otros amigos en El Danubio. De todos modos, se veía que empezaba a sentirse cómodo en el cargo. Como él mismo dijera levantando el índice en una reciente cena en casa de sus padres, de sobremesa, ante la expectación general primero, y la calurosa aprobación después, de sus parientes y compañeros de armas: «Al principio se siente raro; pero uno se acostumbra a todo».

—Pues sí, ¿qué te trae por acá? —insistió—. Apuesto a que ya tenés líos en el Ministerio.

—Bueno, si querés saber la verdad, sí.

—¿Verdá? —dijo triunfante el Presidente, aprobando su propia sagacidad.

—Pero, si me lo permitís, no vengo a eso; otro día te cuento. Mirá, para no quitarte el tiempo, te lo voy a decir de una vez. Fijate que ha habido varios casos de niños que se desmayan de hambre en las escuelas y yo quisiera ver qué podemos hacer. Prefiero decírtelo a vos de una vez porque si no es la bruta andar de aquí para allá. Además, mejor te lo cuento yo porque no faltará quien te venga a decir que no hago nada. Mi idea es que me autorices para tratar de conseguir algo de dinero y fundar una especie de Gota de Leche semioficial.

—¿No te me estarás volviendo comunista, vos? —lo detuvo él, soltando una carcajada—. Aquí sí que se echaba de ver su excelente humor de ese día. Los dos se rieron mucho. El Director le advirtió en broma que tuviera cuidado porque estaba leyendo un librito sobre marxismo, a lo que él repuso sin dejar de reírse que no se lo fuera a ver el Director de la Policía porque lo podía joder. Después de cambiar aún otras frases ingeniosas alrededor del mismo tema, él le dijo que le parecía bien, que fuera viendo a quién le sacaba plata, que dijera que él estaba de acuerdo y que quizá la UNICEF podía dar un poco más de leche. «Los gringos tienen leche como la chingada», afirmó por último, poniéndose de pie y dando por terminada la entrevista.

—Ah, y mirá —añadió cuando ya el Director se encontraba en la puerta—: si querés hablale a mi señora para que te ayude; a ella le gustan esas cosas.

El Director le dijo que estaba bueno y que le iba a hablar en seguida.

No obstante, esto más bien lo deprimió, porque no le agradaba trabajar con mujeres. Peor de funcionarios. La mayoría eran raras, vanidosas, difíciles, y uno tenía que andarse todo el tiempo con cortesías, preocupándose de que estuvieran siempre sentadas y poniéndose nervioso cuando por cualquier circunstancia había que decirles que no. De paso que a ella no la conocía mucho. Pero lo mejor era interpretar la sugerencia del Presidente como una orden.

Cuando le habló, ella aceptó sin vacilar. ¿Cómo podía dudarlo? No sólo le iba a ayudar haciendo propaganda entre sus amigas, sino que personalmente trabajaría con entusiasmo, tomando parte, por ejemplo, en las veladas que se organizaran.

—Yo puedo recitar —le dijo—; ya sabe que siempre he sido aficionada. «Qué bueno», pensó mientras se lo decía, «que haya esta oportunidad». Pero al mismo tiempo se arrepintió de su pensamiento y le dio miedo de que Dios la castigara cuando reflexionó que no era bueno que los niños se desmayaran de hambre. «Pobrecitos», pensó rápido para aplacar al cielo y eludir el castigo. Y en voz alta dijo:

—Pobres criaturas. ¿Y como cada cuánto se desmayan?

El Director le explicó pacientemente que no se desmayaban los mismos en forma periódica, sino que una vez era uno y otra otro, y que lo mejor era ver cómo le daban desayuno al mayor número posible. Tendrían que fundar una organización para reunir fondos.

—Claro —dijo ella—. ¿Y cómo le pondremos?

—¿Qué le parece «Desayuno Escolar»? —dijo el Director.

Pasó su mano sobre el programa, un trozo cuadrangular de papel satinado elegantemente impreso:

1.º Palabras preliminares, por el Sr. D. Hugo Miranda, Director General de Educación del Ministerio de Educación Pública.

2.º Barcarola de los Cuentos de Hoffman, de Offenbach, por un grupo de alumnos de la Escuela 4 de Julio.

3.º Tres valses de F. Chopin, por René Elgueta, alumno del Conservatorio Nacional.

4.º Los Motivos del Lobo, de Rubén Darío, por la Excma. Sra. Doña Eulalia Fernández de Rivera González, Primera Dama de la República.

5.º Cielos de mi Patria, por el compositor nacional D. Federico Díaz, su autor al piano.

6.º Himno Nacional.

Ella creía que estaba bien. Aunque quizá era demasiada música y poca recitación.

—¿Te gusta lo que voy a recitar? —le preguntó a su marido.

—Con tal que no se te olvide a medio camino y no hagás el ridículo —replicó él malhumorado pero incapaz de oponerse en serio—. Realmente no sé para qué te metiste a esa babosada. Parece que no conocieras a los muchachos cómo son de fregados. Ya, ya van a empezar a hacerte chistes. Pero como cuando se te mete una cosa en la cabeza nadie te la saca.

En los tiempos en que la enamoraba, le gustaba que declamara y hasta le pedía que lo hiciera para quedar bien con ella. Pero ahora era otra cosa y sus apariciones en público lo irritaban.

—«¿Veperdapa quepe epes lopo quepe dipigopo?» —pensó ella— «no pueden ver que la esposa tenga ninguna iniciativa porque luego luego empiezan a poner peros y a querer acomplejarlo a uno».

—Qué se me va a andar olvidando —dijo en voz alta, levantándose a buscar un pañuelo—; me la sé desde niña. Lo que no me gusta es que estoy algo acatarrada. Pero yo creo que es por los nervios. Siempre que tengo que hacer algo importante en una fecha fija, me da miedo de enfermarme y empiezo a pensar: ya me va a dar catarro, ya me va a dar catarro, hasta que me da de veras. Sí pues. Deben de ser los nervios. La prueba está en que después se me pasa.

Enfrentándose bruscamente con el espejo, se puso a levantar los brazos y a probar la voz:

—El varóooooon que tiene corazóooooon de *liz,* aaaaaalma de queeeeeerube, lenguaaaaa celestialllll, el míiiiiinimo y dulce Francisco de Asíiiiiis está con un rudoi
               torvoa
                    nimal.

Pronunciaba *liz*. Era bueno alargar las sílabas acentuadas. Pero no siempre sabía cuáles eran, a menos que tuvieran el acento ortográfico. Por ejemplo: «varón», oooooon; «mínimo», miiiiii; «corazón», ooooooon. Pero en «alma de querube, lengua celestial» no había modo de saberlo. En fin, lo importante era sentir, porque cuando no se siente, de nada sirve conocer todas las reglas.

—El varón.
  el varón que tiene
  el varón que tiene corazón
  el varón que tiene corazón de *liz*.

Cuando llegó a la escuela era aún demasiado temprano. Sin embargo, se sintió desalentada porque había pocas personas ocupando los asientos. Pero pensó que entre nosotros la gente siempre llega tarde y que cuándo nos iríamos a quitar esa costumbre. En el pequeño escenario, detrás del telón improvisado, las alumnas de la Escuela 4 de Julio ensayaban en voz baja la Barcarola. El profesor de canto, muy serio, les daba el «la» con un pequeño pito de metal plateado que emitía esa única nota. Al observar que ella estaba allí, viéndolo sonriente, le dirigió un breve saludo con la cabeza y dejó de mover los brazos; pero por cortedad, o por no parecer demasiado servil, o porque de plano no lo era, no interrumpió su ensayo. Ella se lo agradeció, pues en ese ratito estaba repasando mentalmente el poema y si la interrumpían tenía que tomar otra vez el hilo desde el principio. Como si en realidad la estuviera usando, aclaraba la garganta cada cinco o seis versos, a pesar de que sabía que con eso sólo lograba irritarla cada vez más, igual que aquel maestro a quien sus alumnos por molestarlo le dijeron que tenía colorado el ojo y él se puso a restregárselo y a restregárselo, hasta que se lo dejó tan colorado que ellos no podían contener la risa; o como los monos, que si les ponen un poco de excremento en la palma de la mano no paran de olerlo hasta que se mueren. Cómo era eso de las obsesiones. Lo que más cólera le daba es que estaba segura de que todo pasaría en cuanto terminara su número. Sí pues. Pero era molesto, mientras tanto, pensar que se le iba a salir un gallo en medio de la recitación.

La verdad es que sería una estupidez tenerle miedo al público. En el supuesto caso de que sus intervenciones no agradaran, no se debería a ella sino a que la gente en general es muy ignorante y no sabe apreciar la poesía. Todavía les faltaba mucho. Pero precisamente por eso aprovecharía cuanta ocasión se le presentara para ir dando a conocer los buenos versos y revelándose como declamadora.

—Pero señora —le reprochó preocupado el Director General cuando llegó sudoroso—, si yo iba a pasar por usted. No está bien que se haya venido sola.

Ella lo miró comprensiva y lo tranquilizó cortésmente.

Desde que se convirtió en la Primera Dama se alegraba cuando tenía la oportunidad de demostrar que era una persona modesta, posiblemente mucho más modesta que cualquier otra en el mundo, y hasta había estudiado en el espejo una sonrisa y una mirada encantadoras que significaban más o menos: «¡Cómo se le ocurre! ¿Se imagina que porque soy la esposa del Presidente me he vuelto una presumida?» Pero el Director quiso entender más bien que lo trataba con ironía, y, deprimido, se puso a hablar sin ton ni son de esto y lo otro. No bien los demás artistas fueron llegando y rodeándola, aprovechó la ocasión para retirarse. Después se le veía gordito dando órdenes y disponiéndolo todo, de acuerdo con el principio de que si uno mismo no hace las cosas no hay quien las haga.

Sólo se acercó de nuevo para decirle:

—Prepárese, señora. Vamos a empezar.

Como contaba ya con alguna práctica, el Director explicó sin apuro que estábamos allí movidos por un alto espíritu de solidaridad humana. Que había muchos niños subalimentados cosa que el Gobierno era el primero en lamentar porque le había dicho personalmente el Presidente cuando lo llamó para hacérselo ver hay que hacer algo por esos niños en interés de los altos destinos de la patria mueva usted las conciencias remueva cielo y tierra conmueva los corazones en favor de esa noble cruzada. Que ya eran varias las personas de todas las capas sociales que habían ofrecido su desinteresada ayuda y que nuestros amigos norteamericanos esa noble y generosa nación que con justicia podíamos llamar la despensa del mundo habían prometido hacer un nuevo sacrificio de latas de leche en polvo. Que nuestra tarea era modesta en sus comienzos pero que estábamos dispuestos a no omitir esfuerzo alguno para convertirla no sólo en un hecho real y concreto del presente sino en un estimulante ejemplo para las generaciones futuras. Que teníamos el alto orgullo de contar también con la ayuda de la Primera Dama de la República cuyo arte exquisito tendríamos el honor de apreciar dentro de breves instantes y cuyas entrañas generosamente maternales se habían conmovido hasta las lágrimas al saber la desgracia de esos niños que ya fuera por alcoholismo de sus padres o por descuido de sus madres o por ambas cosas no podían disfrutar en sus modestos hogares de la sagrada institución del desayuno con peligro para su salud y en desmedro del aprovechamiento de la instrucción que el Ministerio que nos honrábamos en representar esa noche estaba empeñado en impartirles, convencido de que el libro y sólo el libro resolvería los seculares problemas a que se enfrentaba la patria. Y que había dicho.

Después de los aplausos las niñas de la Escuela 4 de Julio cantaron con su acostumbrada dulzura el la, lalá, lalalalá, lalá de la Barcarola, mientras el pianista nervioseaba ansioso de atacar sus valses que, como tantas otras cosas ese día en diversas regiones del globo, comenzaron también y terminaron con toda felicidad y gloria.

Ella inclinó la cabeza, diciendo gracias mentalmente. Cruzó las manos y se las contempló durante un momento, esperando que se produjera la atmósfera necesaria. Pronto sintió que de su boca, a través de sus palabras, se iba asomando al mundo San Francisco de Asís, mínimo y dulce, hasta tomar la forma del ser más humilde de la tierra. Pero en seguida esa ilusión de humildad quedaba atrás porque otras palabras, encadenadas uno no sabía cómo con las primeras, cambiaban su aspecto hasta convertirlo en un hombre iracundo. Y ella sentía que tenía que ser así y no de otra manera porque se encontraba llamándole la atención a un lobo, cuyos colmillos habían dado horrorosa cuenta de pastores, rebaños y cuanto ser viviente se le ponía por delante. Sí pues. Su voz tembló luego y se le escapó una lágrima en el preciso instante en que el santo le decía al lobo que no fuera malo, que por qué no se dejaba de andar por ahí sembrando el terror entre los campesinos y que si acaso venía del infierno. Aunque inmediatamente después casi se veía brotar de sus labios una gran tranquilidad cuando el animal, no sin haberlo reflexionado un rato, seguía al santo a la aldea, donde todos se admiraban de verlo tan mansito que hasta un niño le podía dar de comer en la mano. Las palabras le salían entonces dulces y tiernas y pensaba que el lobo le podía dar de comer también al niño para que no se desmayara de hambre en la escuela. Pero volvía a angustiarse porque en un descuido de San Francisco el lobo se iba nuevamente al monte a acabar con las gentes del campo y con sus ganados. Su voz adquiría aquí un tono de condenación implacable y la elevaba y la bajaba conforme iba siendo necesario, sin acordarse para nada del catarro ni de los malditos nervios de los días anteriores, como ella sabía de antemano que sucedería. Por el contrario, la envolvía una grata sensación de seguridad de seguridad de seguridad pues era fácil notar que el público la escuchaba fuertemente impresionado ante las barbaridades de la fiera; a pesar de que ella sabía que ya, en ese momento, se cambiarían los papeles y el lobo se convertiría de acusado en acusador cuando San Francisco lo iba a buscar de nuevo con su acostumbrada confianza para meterlo otra vez en cintura. Por más que uno no quisiera, había que ponerse de parte del lobo, cuyas palabras eran fácilmente interpretables: Sí, ¿verdad?, muy bonito; yo me estaba ahí todo manso comiendo lo que se les antojaba arrojarme y lamiendo las manos de todos como un cordero, mientras los hombres en sus casas se entregaban a la envidia y a la lujuria y a la ira y se hacían la guerra unos a otros y perdían los débiles y ganaban los malos. Decía las palabras «débiles» y «malos» con tonos tan diferentes que a nadie podía caberle la menor duda de que ella estaba de parte de los primeros. Y se sentía segura de que la cosa iba bien y de que su recitación era un éxito, porque verdaderamente se indignaba ante tantas canalladas que dejaban chiquitas las del lobo, que al fin y al cabo no era un ser racional. Sin darse cuenta ni cómo se acercó el instante en que sabía que ya, ahora, ahora, las palabras debían brotar de su garganta ni muy fuertes, ni muy tiernas, ni furiosas, ni mansas, sino impregnadas de desesperanza y amargura, pues no otras cosa debió de sentir el santo cuando le dio la razón a la fiera y se dirigió finalmente al padre nuestro que estáaaaaaaaas en los cieeeeeeelos.

Permaneció unos segundos con los brazos en alto. El sudor le corría en hilitos entre los pechos y por la espalda. Oyó que aplaudían. Bajó las manos. Se arregló con disimulo la falda y saludó modestamente. El público, después de todo, no era tan bruto. Pero buen esfuerzo le estaba costando hacerlo llegar a la poesía. Era lo que ella pensaba: poco a poco. Mientras estrechaba las manos de los que la felicitaban se sintió embargada por un dulce y suave sentimiento de superioridad. Y cuando una señora humilde que se acercó a saludarla le dijo que qué bonito, estuvo a punto de abrazarla, pero se contuvo y se conformó con preguntarle: «¿Le gustó?», pues la verdad es que ya no estaba pensando en eso sino en lo bueno que sería organizar pronto otro acto, en un local más grande, quizá en un teatro de verdad, en el que ella sola se encargara de la totalidad del programa, porque lo malo de estas veladitas era que los músicos aburrían a la gente, a pesar de que al otro día también los elogiaban en el periódico, lo que no era justo. No pues.

Ya en la puerta de su casa invitó al Director General y a dos o tres amigos a tomar un *whisky* «para celebrar». Deseaba prolongar un rato más la conversación sobre su triunfo. Ojalá estuviera su marido para que oyera lo que le decían y para que se convenciera de que no eran cosas de ella. Qué bien había resultado todo, ¿verdad? ¿Y como cuánto sacarían?

El Director General le informó muy elaboradamente que tenían utilidades por $7.50.

—¿Tan poquito? —dijo ella.

Él pensó con amargura pero dijo con optimismo que para ser la primera no estaba tan mal. Que les había faltado propaganda.

—No —dijo ella—. Yo creo que se debe al local que es muy chiquito.

—Bueno, claro —dijo él—. En eso tiene razón.

—¿Cómo hiciéramos? —dijo ella—. Hay que hacer algo para ayudar a esos pobres niños.

—Bueno —dijo él—; lo importante es que ya comenzamos.

—Sí —dijo ella—; pero la cosa es seguir adelante. Tenemos que preparar algo más serio.

—Yo creo que si contamos con su ayuda... —dijo él.

—Sí si podemos conseguir un teatro yo voy a recitar ya va a ver pero que sea teatro grande porque si no ya vio lo que pasa se esfuerza uno preparando las cosas y total casi no se saca nada de todos modos le voy a hablar a mi marido siempre me está empujando a recitar es mi mejor estímulo ¿se fijó? la gente tiene gana de oír poesía si viera la emoción que sentí cuando una señora que ni me conoce me dijo que le había gustado mucho yo creo que un recital de poesía sería un éxito ¿qué dice usted? —dijo ella.

—Claro —dijo él—; a la gente le gusta mucho.

—Fíjese que estoy preocupada —dijo ella— por lo poco que sacamos hoy. ¿Qué le parece si le doy cien pesos para no salir tan mal? Tengo muchas ganas de ayudar. Yo creo que poco a poco vamos a ir saliendo.

Él dijo que claro; que poco a poco iban a ir saliendo.

Las ilusiones perdidas

—De la historia que les voy a contar es bueno dejar sentadas dos o tres cosas —dijo el cuarto hombre, mientras limpiaba su pipa despaciosamente. Aunque hablaba sin prisa, daba la impresión de que no hacía más que cumplir con su parte, como si las dos y media de la mañana incitaran más a irse a dormir que a seguir charlando—: en primer lugar, en lo fundamental es endiabladamente verdadera; en segundo, podría ser de Marcel Schwob y por desgracia para ustedes no lo es; y en tercero, el astrónomo y matemático Erro la recordó hace ya varios años a su modo y con otras intenciones en un periódico local. Yo seguiré su relato a veces hasta con sus mismas palabras. Sabido es que en ocasiones los astrónomos se tropiezan por ir viendo a las estrellas; cuando el mío bajaba los ojos a la tierra, solía tropezar con cosas como ésta.

A una oscura taberna, oscura por clandestina, de Nueva York, acudía durante la Ley Seca noche tras noche el ex corredor de bolsa (no eran buenos tiempos para ellos) Michael Malloy. Desde hacía varios años, a partir de la crisis de 1929, Malloy, desempleado, se había visto perseguido por la sed, por los sentimientos de frustración y fracaso, y por un temblor de manos que sólo desaparecía cada veinticuatro horas con la quinta o sexta copa de aguardiente, de vino, o de la bebida que fuera, siempre que contuviera alcohol. Malos momentos eran las interminables mañanas para Malloy; pero a eso de las seis de la tarde su espíritu resplandecía de nuevo mientras braveaba ante quien quisiera oírlo acerca de cómo pronto regresaría a su antiguo empleo, cómo todo volvería a ser igual que antes, y cómo en ese momento le daría en la madre —tal era su expresión, aunque en inglés— a más de alguno.

Pero aparte de estos alardes, Malloy era más bien el más pacífico y sentimental de los hombres, lo enternecía la música y, como consecuencia, siempre lloraba cuando en el piano de la cantina algún parroquiano tocaba *Smoke gets in your eyes*. Es cierto que Malloy no fumaba, pero esta canción le hacía recordar a su esposa, quien lo había abandonado cuando la vida se les puso triste justamente al principio de la Gran Depresión.

A ese mismo bebedero clandestino, situado por más señas en la Tercera Avenida No. 3804, iba también un grupo de conocidos de Malloy y medio compadres del dueño, cuyo nombre, Tony Marino, despertaba en Malloy vagas reminiscencias de planes de viajes matrimoniales pospuestos año con año y nunca realizados. Entre estos compañeros de bebida y proyectos se encontraban: Dan Kreisberg, originario de Karlsruhe, Alemania, admirador fanático de Max Schmeling y a esas alturas un hombre ya viejo, pues tenía veintinueve años y veintinueve años son muchos para un boxeador profesional que ha perdido once peleas, seis de ellas por *knock out,* y ganado tres, y hace sus *rounds* de sombra en la cantina en vez del gimnasio; Joe Murphy, ex farmacéutico versado en alcoholes y por entonces asistente de Marino cuando había que mezclar calmantes en la bebida de los que se propasaban y les daba por gritar o buscar camorra; Frank Pasqua, propietario de un agencia funeraria (sin juego de palabras) de mala muerte; y, por último, *last but not least,* Harry Green, conductor de un taxi amarillo que desde hacía un año quería pintar para dejarlo como nuevo, y conocedor de los sitios más a trasmano de la ciudad. Todos ellos hombres no sólo imaginativos y dispuestos a aventuras difíciles y arriesgadas, sino llenos de fe en el sistema de libre empresa, que aunque ya les había dado su primera oportunidad de triunfar y de ser alguien en la vida no tenía por qué negarles otra.

En efecto, y para decirlo pronto, su camaradería y trato asiduo con Malloy terminó por inspirarles una idea que consideraron práctica: asegurar la vida de Malloy y matarlo. Por medio de un agente amigo igualmente urgido de dinero (quien, como después quedó establecido, no sospechó nunca nada) compraron un seguro de vida por 800 dólares en la Metropolitan Life Insurance Company, y dos, de 494 dólares cada uno, en la Prudential, siempre más accesible a personas sin mayores recursos. En total 1.788 dólares, todo con doble indemnización en caso de accidente. Y así fue como el buen bebedor Malloy, cesante y todo, se convirtió a los ojos de sus compañeros en la posibilidad de salir de pobres aunque sólo fuera por unos días.

Marino, profesionalmente perito en materia de alcoholismo y, en la mejor tradición del cantinero neoyorquino, hombre tranquilo siempre dispuesto a escuchar las lamentaciones y confidencias de sus clientes, hizo el diagnóstico sobre el que se estableció la política a seguir: dar a Malloy de beber cuanto quisiera y a la hora que quisiera, vía por la cual el final vendría pronto. Y en efecto, Malloy bebió y bebió cuanto quiso; pero en contra de lo que esperaban sus insospechados herederos, en lugar de agotarse rápidamente Malloy engordó, le volvió el color, se puso francamente alegre, rejuveneció y tuvo cada vez más sed.

Fracasadas las predicciones de Marino, dos de los expertos del grupo: el dueño de la funeraria y el chofer del taxi, se hicieron cargo del asunto. Una noche esperaron a que Malloy se emborrachara hasta perder el sentido, y cuando eso sucedió lo transportaron en el taxi hasta un lugar cercano al zoológico. Ahí, a la luz de la luna, le quitaron el saco, la camisa y la camiseta, le vaciaron en el pecho un balde de agua fría, lo dejaron sobre la nieve y se fueron a sus respectivos domicilios a esperar los resultados. El único que obtuvieron fue un tanto contrario: Frank Pasqua se resfrió*. Al día siguiente Malloy llegó a la cantina diciendo a todos que la noche anterior había llegado a su casa no sabía cómo, y que le caería bien un trago.

El plan siguió, pero ahora con la entrada en acción de otro de los especialistas, Joe Murphy, el ex dependiente de farmacia y químico del grupo. Una y otra vez

---

* Su esposa, como para protegerlo, dijo en su oportunidad que había contraído una pulmonía; pero el mismo Pasqua la desmintió.

Murphy dio a beber a Malloy diarias dosis de alcohol de madera mezclado con cuanto menjurje alcohólico estuviera dispuesto a beber en forma de cócteles, que eran todos. Y Malloy se mostraba cada día más regocijado, más entusiasta y más agradecido.

Entonces Murphy recordó algo que había oído decir acerca del peligro que encerraban los alimentos enlatados. Después de pensarlo unos cinco minutos, abrió una lata de sardinas, esperó a que éstas estuvieran descompuestas aun a la vista del más ignorante, y al cabo de varios días hizo con ellas un buen montón de sandwichitos del tamaño de una moneda de dólar. Para mayor seguridad, fíjense bien, cortó además la lata en trocitos y aderezó los bocadillos con la picadura, bocadillos que Malloy comió con gusto junto con sus repetidos vasos de cerveza y de whisky.

Al otro día Malloy estaba de vuelta en la cantina, tan contento como todos esos últimos tiempos.

A todo esto habían transcurrido tres largos meses. Entre el costo de las pólizas y el consumo de Malloy el proyecto dejó de ser una buena expectativa económica. Sin embargo, para los presuntos herederos ya no se trataba de negocios, sino de una cuestión de honor, y cuando pasaban uno cerca del otro casi no podían verse a los ojos, como avergonzados.

Pero el chófer de taxi y el dueño de la funeraria tomaron nuevamente el trabajo en sus manos, y así, la noche del 29 al 30 de enero de 1933 llevaron a Malloy, perfectamente ebrio y dormido, a la esquina de Baychester Avenue y Gun Hill Road, tradicionalmente solitaria y oscura. Una vez tendido ahí, Green le echó el taxi encima y ambos amigos abandonaron a su compañero a su suerte. ¿Pueden suponer con qué resultado? La policía, siempre vigilante, dio con Malloy y lo dejó en el hospital Saint Sulpice, en la calle 186 Oeste. A los veinte días Malloy se presentó de nuevo en la cantina, más sano y más jovial, pero más sediento que nunca y bastante contrariado, pues, según dijo, en el hospital las monjas habían estado a punto de matarlo no dándole a beber sino agua, leche y chocolate preparado por ellas mismas.

Y así fue cómo los herederos tomaron la resolución definitiva. Esperaron un tiempo que llamaron prudencial, y la noche del 22 de febrero, natalicio de Jorge Washington, condujeron a Malloy al edificio en que vivía en la avenida Fulton. Como muchos otros patriotas neoyorquinos, en el camino cantaron el himno y recordaron que Washington había sido el primero en la paz, el primero en la guerra y el primero en el corazón de sus conciudadanos. Esto los reanimó y los puso alegres. Ya en la habitación de soltero de Malloy lo acostaron en su cama de respaldo de bronce, le taponaron la boca y le metieron en la nariz un tubo de goma conectado al gas del alumbrado. Malloy estaba lo suficientemente borracho como para no poderse defender, y aunque seguía las maniobras de sus amigos con su mirada de perro manso suponiendo que todo era una broma que terminaría pronto, esta vez murió.

La policía atrapó a los asesinos. Kreisberg, Marino y Pasqua fueron ejecutados el 7 de junio de 1934, uno tras otro, entre las cuatro y las siete de la mañana; Murphy, el lunes 5 de julio del mismo año, a las seis a.m. Nadie recuerda, o los vecinos pretenden haberlo olvidado, qué ocurrió con Green, el dueño o arrendatario del taxi amarillo. El médico que certificó la defunción de Malloy por congestión alcohólica fue acusado de encubridor y condenado a tres años de prisión, que le fueron reducidos a dos por buen comportamiento.

Debo añadir que muchos de los detalles de este crimen se conocen porque durante el juicio los inculpados dieron el feo espectáculo de echarse la culpa unos a otros.

—En *El asesinato considerado como una de las bellas artes* el inglés Thomas de Quincey exalta la belleza de los crímenes bien realizados; éste no lo fue y más bien parecería cometido entre nosotros —dije yo.

Y, todos de acuerdo, dimos por cerrado el caso.

Índice

El eclipse 5
Uno de cada tres 7
Míster Taylor 14
El dinosaurio 23
Movimiento perpetuo 24
Obras completas 31
Homenaje a Masoch 39
Primera dama 42
Las ilusiones perdidas 56

Los textos reunidos en este volumen han sido seleccionados por el autor expresamente para esta edición a partir de su antología de *Cuentos* publicada en la colección «El Libro de Bolsillo» de Alianza Editorial (LB 1196).

Otras obras del autor en Alianza Editorial:

La letra e (A3 205)